大妻ブックレット――②

英国ファンタジーの風景

安藤 聡［著］

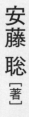

目次

写真撮影　著者
表紙写真　Salutation Manor, Kent

はしがき

英国は児童文学の名作を数多く産出し続ける国である。『アリス』、『宝島』、『ピーター・パン』、『くまのプーさん』、『つばめ号とアマゾン号』、『メアリー・ポピンズ』、『ホビット』、『時の旅人』、『ナルニア』、『借り暮らしの小人たち』、『くまのパディントン』、『思い出のマーニー』、『チャーリーとチョコレート工場』、『ハウルの動く城』そして『ハリー・ポッター』など、英国の子供向け小説の名作は枚挙に暇がない。フランスの比較文学者ポール・アザールは著書『本・子供・大人』で「英国ほど児童文学に不滅の国民性を刻み込んだ国は世界中どこを探してもない」と断言する。特に英国に優れた作品が多い分野はファンタジーであり、右に挙げた名作も二つを除いてすべてファンタジーである。

ファンタジーとは空想的な要素を含む物語文学であり、「ファンタジー」の語源は「空想」「幻覚」を意味するギリシア語 'phantasia' である。一口にファンタジーと言っても例えば夢の中の世界を描いた『アリス』、別世界を舞台とする『ホビット』、日常と非現実を往復する『ナルニア』や『ハリー・ポッター』、日常の世界に非現実的要素を持ち込んだ『メアリー・ポピンズ』や『パディントン』、あるいは時間移動以外の非現実的要素を含まない『時の旅人』や『グリーン・ノウの子供たち』など、そのサブジャンルは多種多様である。

児童文学に限らず、英国文学の特徴の一つは特定の土地の風土との密接な関係である。ワーズワースの湖水地方、ブロンテ姉妹のウェスト・ヨークシャー、ギャスケルのマンチェスター、ハーディのウェセックスなど、土地の精霊《ゲニウス・ロキ》（genius loci）に霊感を得て書かれた作品が非常に多い。文学だけでなく例えば絵画においても郷里サフォーク州の田園を描き続けたコンスタブル、ノーフォーク州の州都ノリッジとその周辺の風景を愛でたクロウム父子やコットマンに代表される「ノリッジ派」、コーンウォール州の漁村ニューリンに拠点を置いた「ニューリン派」、工業都市の庶民の日常を題材にしたラウリーなど、特定の風景や風土と切り離して語れない画家が目立つ。児童文学・ファンタジーも無論その例外ではなく、名作の多くは特定の土地の風土に強く根ざしている。本書では数多ある英国児童文学の名作の中からファンタジーにその対象を絞り、作者の生涯に関連する土地と作品の舞台・背景となる土地の双方（多くの場合この両者は少なくとも部分的に重なる）を、それぞれの作者の生涯を追いながら紹介したい。なお、作家名や地名など固有名詞のカタカナ表記は原音と原綴を重視し、一部を除いて慣用的表記には従わない。

1　二つの『アリス』物語

『不思議の国のアリス』（一八六五）も『鏡の国のアリス』（一八七一）も一見したところ特定の土地には関係していないように見えるが、いずれもオクスフォードを始めとする作者ゆかりの地を色濃く反映している。作者ルイス・キャロル（一八三二〜九八、本名チャールズ・ラトウィッジ・ドドソン）はチェシャー州の小村ダーズベリーに生まれ、リッチモンドのグラマー・スクールとラグビー・スクールを経てオクスフォード大学に学び、研究員・講師として生涯の大半をこの大学街で過ごした。

(1)　ダーズベリー、クロフト、リッチモンド、ラグビー

キャロルは第一次選挙法改正の年にダーズベリーで一一人兄弟姉妹の第三子、長男として生まれた。父はこの村の教区牧師で、生家の牧師館は一八八八年に焼失した。ダーズベリーは長閑な寒村だがマンチェスターとリヴァプールにほぼ等距離（いずれも約四〇キロ）で、産業革命の中心地に遠くない。近隣にブリッジウォーター運河があり、マンチェスター運河とマージー川にも近い。キャロルが生きた時代はほぼヴィクトリア時代（一八三七〜一九〇一）に重なり、急速な工業化・都市化の時代でもあり、幾度もの選挙法改正に代表されるように社会の構造そのものが大きく変わった時期でもあった。高山宏氏は『アリス狩り』においてキャロルが生涯のすべてを

写真1　ダーズベリーの教会のステンドグラス
左下がキャロルとアリス

川の近くで過ごしたことと、急激な変化の時代にあって「流れ行くもの」をつねに意識していたことを指摘している。二つの『アリス』の物語も変化の過渡期の不安や当惑の表現に他ならない。ダーズベリーの教会にはキャロル生誕百周年を記念したステンドグラスがある（完成は一九三五年）【写真1】。

一一歳の時に父の転勤のために移り住んだノース・ヨークシャー州のクロフト・オン・ティーズはダーズベリーより大きな村で、名前のとおりティーズ川に面している【写真2】。ここはダラム州との州境に近く、最寄りの都市は鉄道発祥の地ダーリントンである。そういうわけでこの村も産業革命の中心地に近く、流れ行く川の畔である。キャロルはここから数マイルのリッチモンドのグラマー・スクールを経てウォリックシャー州にあるラグビー・フットボール発祥の地としても有名なラグビー・スクールに進学する。ラグビーの町はエイヴォン川（「川」を意味するケルト語に由来するため同名の川が英国内に複数あり、これはシェイクスピアの郷里ストラトフォード・アポン・エイヴォンを流れるあのエイヴォン川）の畔にある。

写真2　クロフト・オン・ティーズを流れるティーズ川

ラグビー校に入学したのは一八四六年のことだったが、その五年前まで教育者として高名なトマス・アーノルド（詩人マシュー・アーノルドの父）がここの校長を務めていた。アーノルドの信仰とそれに基づく教育方針は「筋肉キリスト教」（muscular Christianity）と呼ばれ、福音主義と運動競技による精神鍛練を重視した。アーノルドが確立したこの方針と環境は少年時代のキャロルにとって居心地のいいものではなかったらしい。ここで五年学んだのちに彼はオクスフォード大学で最大規模を誇る学寮クライスト・チャーチ【写真3】に進学する。オクスフォードもまた川の畔の街で、市内をテムズ川（オクスフォードではアイシス川と呼ばれる）とチャーウェル川が、いくつもの支流に分岐して流れる。

(2)　オクスフォードとその周辺

クライスト・チャーチには一八五一年に入学した。ロンドンで世界初の万国博覧会が開催された年で、

写真３　オクスフォード大学クライスト・チャーチ

キャロルも見学に行っている。これも時代の変化を目の当たりにする経験だったに違いない。大学では数学・幾何学を専攻し、在学中に研究員の資格（終身）を得て一八五四年に卒業、翌年から数学講師も兼任して、生涯の大部分をこの学寮で過ごした。その年に高名なギリシア語学者ヘンリー・ジョージ・リデルがクライスト・チャーチ学寮長に就任し、翌五六年に家族で学寮長邸に入居する。

当時リデルには四人の子供がいて、キャロルはロリーナ、アリス、イーディスの三姉妹（特に次女アリス）と懇意になる。彼は以前から子供との交友を好み、自作のゲームや即興の物語で子供を楽しませることが得意だった。彼はまたこの頃写真機を購入し、リデル家を含め友人知人の肖像写真を数多く撮影している。ウィリアム・ヘンリー・フォックス・トールボットが発明したカロタイプ（いわゆるネガ方式）の特許が一八五五年に切れたため、この頃写真機が（ごく一部の裕福層・好事家限定ながら）普及した。キャロルは最初期の素人写真家の一人に数えられる。当時の写真の露光時間は晴天で四十五秒、曇天で一分半程度であり、写る人物はその間ずっと静止していなければならなかった。キャロルはリデル家の姉妹のみならず大勢の子供の優れた写真を残しているが、これは子供の心を捕えるのが人並み外れて巧みだったからに違いない。

『不思議の国のアリス』誕生のきっかけとなったのは一八六二年七月四日の三姉妹との舟遊びであった。この日キャロルは三姉妹と、当時トリニティ・コレッジの研究員だった神学者・聖職者ロビンソン・ダックワースとともに、クライスト・チャーチに近いフォリー・ブリッジの貸しボート屋から五キロほど上流のゴッドストウ【写真4】までアイシス川を往復している。イングランドの川の多くは流れが緩やかで、上流に向かって手漕ぎ舟で遡上することはそれほど困難ではない。それでもキャロルが舟を漕ぐのに苦労したことは『不思議の国のアリス』に序文として添えられた詩に綴られている。この時舟の上で、またゴッドストウでのピクニックの際に、三姉妹（特に当時一〇歳のアリス）にせがまれて即興で語った物語が『不思議の国のアリス』の原形となった。ゴッドストウには修道院の廃墟もあり、川と廃墟と、時の流れを意識させる重要な要素が二つ揃った場所であると言えよう。ゴッドストウにはアイシス川沿いを歩いて行くことも、街の北西側から広大な牧草地ポート・メドウを横切って行くことも可能だが、今はウルヴァーコット行きのバスに終点まで乗ってウルヴァーコットの村から南西に少し歩けば到達できる。

その舟遊びのことは『不思議の国のアリス』の序詩で「黄金の昼下がり」と回想され、最終章

写真４　ゴッドストウ
右は修道院廃墟

の最後ではこの日を含めたこの時期を「幸福な夏の日々」と称している。断片的に語られた物語はキャロル自身の絵を添えて手書きの絵本『地下の国のアリス』にまとめられ翌年二月に完成した。この絵本は一一月下旬にアリスに贈られたが、その前に（すでに作家として著名だった友人）ジョージ・マクドナルドに預けられている。マクドナルドは出版を勧め、児童書部門をいち早く開設したロンドンの出版社マクミランにキャロルを紹介した。折しも英国では児童文学の出版が盛んになり始めた頃で、トマス・ヒューズの『トム・ブラウンの学校時代』やＲ・Ｍ・バランタインの『珊瑚島』などが人気を博していた。「狂気の茶会」、「豚と胡椒」、「チェシャー猫」などの挿話が加えられ、当時『パンチ』誌などで人気を博していた風刺画家ジョン・テニエルによる挿絵を添えて一八六五年に『不思議の国のアリス』が出版された。キャロルは本当は自分が描いた絵を使いたかったようだが、友人の美術評論家（のちオクスフォード大学美術史教授）ジョン・ラスキンの助言もあってプロの画家の絵を使うことにした。ラスキンはアリスに絵を教えたこともある。

この物語は土手に座って本を読む姉の隣でアリスが退屈している場面から始まる。物語中で場所は特定されないが、キャロルやリデル姉妹を知る読者ならクライスト・チャーチの南側を流れるチャーウェル川の支流の畔と考えるであろう【写真5】。たびたび言及される薔薇の咲き誇る庭は学寮長邸の庭とオクスフォード大学植物園の薔薇園を彷彿させる（前者は一般公開されていないが後者は一年を通して毎日見学可能）【写真6】。狂気の茶会の場面でヤマネが語る「糖蜜が出る井戸」は街の中心から北西約三キロに位置する村ビンズィーの教会にある。これは七世紀後半から八世紀前半にかけて実在した修道女でオクスフォードの守護聖人となったセント・フライズワイドが信仰治療に用いたとされる伝説の井戸で、長

写真5　チャーウェル川の支流

写真６　オクスフォード大学植物園の薔薇園

年放置され荒廃していたのを当時この教会の牧師だったトマス・プラウト（キャロルの友人）が修復した。この村はフォリー・ブリッジからゴッドストウまで川を遡上する途上にあり、当時アリスらの家庭教師《ガヴァネス》を務めていたメアリー・プリケットの実家もここにあった。この家庭教師は『鏡の国のアリス』の「赤の女王」のモデルとされ、結婚退職後はハイ・ストリートにあるマイター・ホテルの女将を長く務めた。帽子屋のモデルには諸説あるが、最も有力な説はハイ・ストリートの仕立屋兼帽子屋でオクスフォード市長も務めたトマス・ランドールであろう（テニエルの挿絵は室内装飾業者スィーオフィリス・カーターをモデルとした）。ランドールの家はフォリー・ブリッジの袂にあり、ランドールの娘と家庭教師メアリーが友人同士だったため三姉妹はしばしばメアリーに連れられてその水辺の家を訪問していて、ランドール家の犬を

写真7　クライスト・チャーチ大広間の火格子

アリスがよく散歩させていたという。

不思議の国に迷い込んだアリスの体が小さくなったり大きくなったりする挿話は、学寮での日常生活で天井の高い回廊や広間と狭い通路や低い扉を頻繁に行き来することで自分が縮小と拡大を繰り返しているような錯覚に陥るという経験に基づいているらしい。茸を食べて首が伸びたアリスのモデルはクライスト・チャーチの大広間の暖炉にある真鍮の火格子（fire dog）である【写真7】。キャロルと三姉妹はたびたび舟遊びとピクニックに出掛けていて、フォリー・ブリッジの下流八キロほどにあるハーコート家の地所ニューナム・パークに行くこともあった。彼らが頻繁に訪れていた頃の当主ウィリアム・ヴァーノン・ハーコートの姪孫に当たるオーブリー・ハーコートはのちの一八七六年に三女イーディスと婚約するが、そのわずか二週間後にイーディスは腹膜炎で短い生涯を終

写真8　クライスト・チャーチ礼拝堂のステンドグラス
中央がアリスの妹イーディス

えた。彼女を追悼するステンドグラスがエドワード・バーン＝ジョウンズとウィリアム・モリスの名コンビによって作成され、クライスト・チャーチ礼拝堂（大聖堂）を飾っている【写真8】。

『不思議の国のアリス』はキャロルとアリス双方にとって「幸福な夏の日」（最初に語られたのは七月四日だが、物語はアリスの誕生日に合わせて五月四日）の記憶に基づいているが、出版された頃すでにアリスは成長してキャロルと疎遠になっていた。六年後に出版された続編『鏡の国のアリス』は正編の半年後すなわち初冬の物語であり、幸福な記憶というより少女アリスがもういない悲しみに支配されている。この物語の一場面に羊の老婆の店があるが、これはクライスト・チャーチ正門の斜向かいのアリスらがよく駄菓子を買いに行っていた雑貨店がモデルで、羊に似た老婆がいつも編み物をしながら店番していたらしい。現在その店はアリス関連商品の専門店になっている【写真9】。

(3)　丘からの眺望と終焉の地ギルフォード

『鏡の国のアリス』はイングランドに特有の生け垣で区切られた田園風景をチェス盤に見立て

ることで成立している。無論のことオクスフォード周辺にもそういう田園風景は見られるが、キャロルがこれを書いた時に念頭に置いていたのはチェルトナム（グロスターシャー州）郊外にあるレッカンプトン・ヒルからの眺望らしい。この丘はチャールトン・キングズ村の外れにあり、この村にはリドル姉妹の父方祖父母が住んでいた。

くだんのゴッドストウへの舟遊びの翌年三月、母親が次男を出産するのでリデル姉妹は祖父母の家に預けられていた。キャロルはウェイルズ南西部の海辺の町テンビーで休暇を過ごし、その帰途に姉妹をオクスフォードに連れ帰るべくチャールトン・キングズに寄り、そこに何日か滞在している。この時、彼は姉妹とともにレッカンプトンの丘に登り、そこからの眺望に『鏡の国のアリス』の着想を得たという。アリスが暖炉の上の大きな鏡を通り抜けて「鏡の国」に行くという設定も、祖父母の家の暖炉の上に実在した大きな鏡を見て思いついたらしい。

写真9　アリスの店

キャロルには姉・妹・弟が大勢いてその多くが独身だった。一八六八年に父が死去すると彼はサリー州の州都ギルフォードに家を購入し、姉妹弟をそこに住まわせ、そこに頻繁に滞在した。一八九八年一月、六六歳の誕生日を二週間後に控えたキャロルはギルフォードの家「チェスナッツ」滞在中に風邪をこじらせ肺炎で急死した。ギルフ

写真10　鏡に入るアリス

ォードは急斜面の石畳に古い町並みが残る美しい町で、谷を流れるウェイ川の畔にアリスと姉と白ウサギの、ギルフォード城の近くに鏡に入って行くアリスの、ブロンズ像がある【写真10】。

2 『たのしい川べ』と「おひとよしのりゅう」

『たのしい川べ』（一九〇八、原題は『柳に吹く風』の意）も英国ファンタジーの名作の一つである。作者ケネス・グレイアム（一八五九～一九三二）はスコットランドの首都エディンバラの城が見える一等地で、ダーウィンの『種の起源』がキリスト教世界を震撼させた年に生まれ、ほどなく父がアーガイル州副知事に就任したためこの州を転々として育ち、四歳で海辺の町インヴァーレアリーに定住した。だが一年も経たないうちに母が猩紅熱《しょうこうねつ》で急死し、父はアルコール依存症に陥ったため、イングランドのバークシャー州クッカム・ディーンの母方祖母の家【写真11】に姉・兄・弟と引き取られる。テムズ川に近いこの環境が『たのしい川べ』の世界の原形となった。

(1) 記憶の風景

グレイアムの伝記に必ず書かれているのは「四歳から七歳までの記憶」の重要性である。幼年時代の記憶に基づく連作短編集『黄金時代』（一八九五）と『夢の日々』（一八九八）はこの時期を追想して書かれている。グレイアムの四歳の記憶は母の死の直前のインヴァーレアリーで過ごした幸福な日々、そしてそこから七歳まではクッカム・ディーンの祖母の家「マウント」の記憶であった。祖母はグレイアムら子供に無関心で、彼らにとっては母を喪った悲しみを抱えつつも概して自由で幸福な日々だったらしい。七歳の時に祖母の家は同じバークシャー州のクランボー

写真11　クッカム・ディーンの祖母の家

ンに移り、その転居の直後にグレイアムらは父に呼び戻されインヴァーレアリーに帰った。だが父は結局立ち直ることができず、家を捨ててフランスを放浪し（のちに客死）、子供らは再び祖母の許に戻った。クランボーンはテムズ川から少し離れていて、クッカム・ディーンのような「たのしい川べ」ではなかった。こうして四歳から七歳までの至福の記憶が永久保存されたのである。

九歳でオクスフォードのセント・エドワーズ校に入学し、オクスフォードの街に魅了され、オクスフォード大学への進学を強く希望するが祖母と叔父の理解を得られず断念し、イングランド銀行で働くことになる。ロンドンで当時『オクスフォード英語辞典』を編纂中だった文献学者フレデリック・ジェイムズ・ファーニヴァルと出会い、『セント・ジェイムズィズ・ガゼット』誌や『ナショナル・オブザーヴァー』誌にエッセイを寄稿し始める。この頃からコーンウォール半島で休暇を過ごすようになり、四〇歳の時（一八九九年）にコーンウォール州フォイの教会で結婚し、翌年長男アラステアが生まれた。この一人息子が「四歳から七歳まで」の時期に語り聞かせた物語が『たのしい川べ』の原形である。

(2)『たのしい川べ』の成立

この作品はモグラと川ネズミの牧歌的な田園生活とヒキガエルの悲喜劇的な冒険という二つの対照的な要素で構成されていて、息子に語り聞かせたのは主に後者である。奇しくも四歳の誕生日の夜、泣き止まず眠らなかったアラステアを宥めるために語ったのがこの物語の始まりであった。当時グレイアムはロンドンに住んでいて、息子が五歳になる頃クッカム・ディーンに居を移したが、当時すでにこの村と川辺は開発が進み変わり果てていた。幼年時代の記憶のみならずその「たのしい川べ」に対する喪失感もまた、この物語の重要な背景なのである。当時は貴族・地主階級の没落が顕著になる一方で自動車の普及が始まっていて、二重の意味で田園風景の危機の時代であった。このことも『たのしい川べ』の背景として看過してはならない。また女性の不在を特徴の一つとするこの小動物の世界に、必ずしも円満でなかったグレイアムと妻との関係を読み取ることも可能であろう。こうして息子を寝かしつけるために始まった物語は三年以上語られ続け、息子の旅行中やグレイアムのコーンウォール滞在中に手紙で書かれた部分もある。

『たのしい川べ』の舞台となる川辺は古き良き時代のクッカム・ディーン界隈のテムズ川の記憶だけでなく、グレイアムがしばしば滞在していたコーンウォール州のフォイ川流域の風景にも霊感を得て書かれている。彼はよく河口の町フォイから上流三キロほどのゴラントまで、あるいは支流レリン川で、舟遊びや川辺の散策を楽しんでいた【写真12】。フォイ在住の友人エドワー

写真12　レリン川の「たのしい川べ」

ド・アトキンソンは貸しボート屋を営み独身生活を謳歌する美術品収集家で、川ネズミの描写に多大な影響を与えている。川辺の風景も現在ではテムズ川よりむしろフォイ川とレリン川の方がこの作品の印象に近い。

『たのしい川べ』は出版直後には当惑を持って迎えられたが次第に評価が高まり、米国からセオドア・ロウズヴェルト（慣用的表記ではルーズヴェルト）大統領がグレイアムに賞賛の私信を送っている。出版と前後してグレイアムは銀行を退職し、レディングとオクスフォードの中間あたりの小村ブリューベリーに転居する。アラステアはラグビー校を経てオクスフォード大学に進学するものの一九歳の時（一九二〇年）にオクスフォードで事故死した（自殺とも推測される）。憔悴したグレイアムと妻は四年ほどイタリアに滞在したのちにパングボーン（レディングの少し上流）に居を構え【写真13】、静かな晩年を過ごした。『くまのプーさん』の挿絵で知られる

写真13　パングボーンの教会の隣にあるグレイアム晩年の家

E・H・シェパードや『ピーター・パン』の挿絵で知られるアーサー・ラッカムが『たのしい川べ』に絵を添えるためパングボーンのグレイアムを訪問し、川辺の風景を取材している。また『プー』の作者A・A・ミルンはこの物語のヒキガエルの冒険の部分を基に戯曲『ヒキガエル屋敷のヒキガエル』を執筆し、一九二九年にロンドンで初演した。

(3) バークシャーの丘と聖ジョージ伝説

「おひとよしのりゅう」は『夢の日々』の中の一編だが、単独で絵本化され、独立した作品として読まれることも多い。原題は'The Reluctant Dragon'すなわち「やる気のない竜」（竜退治で知られる英雄セント・ジョージが現われても戦う気がまったくない竜）という意味であり、「おひとよしのりゅう」の他に「のんきなりゅう」や「ものぐさドラゴン」という邦題でも翻訳されている。語り手の子供が雪の日に巨大な足跡を発見し、たどって行くと知り合い

写真14　バークシャー・ダウンズ

のサーカス団長の家に着いた。そこでサーカス団長に、竜にまつわる昔話を聞かされるという設定である。丘の上の洞窟に竜が棲みつき、羊飼いの息子と友達になる。竜は芸術家肌の詩人で戦いを好まず、危険な存在ではない。だが竜の存在を知った村人は恐れ、その噂を軍人ジョージ（のちに殉死して聖人となるゲオルギオス）が聞きつけて村を訪れ、戦う気のない竜は戦うことを余儀なくされるが、羊飼いの息子の知恵で戦いの芝居を打ち、村人が見守る前で制圧され改心したことにしてしまう。こうして村人の不安と困惑は解消し、ジョージは英雄としてさらに崇められ、改心したと看做された竜は望み通り丘の上で静かに暮らせることになった。

昔話の舞台は語り手とサーカス団長が住む村から見える丘であり、グレイアムの記憶の風景と考えられる。ただし竜が棲みつくような広大な丘となると、もう少し西側のバークシャー・

ダウンズ（Downs＝丘陵）をイメージする方がいいのかも知れない【写真14】。聖ジョージはイングランドの守護聖人だが実際にはイングランドには一度も来ていない。

3 『小さな白馬』

エリザベス・グージ（一九〇〇～八四）の『小さな白馬』（一九四六）は現在ではJ・K・ローリングが『ハリー・ポッター』シリーズを書くに際して最も影響を受けた作品として知られる。父と死別して孤児となった主人公マリアが家庭教師《ガヴァネス》と愛犬とともに伯父の屋敷に引き取られ、そこで次代の〈月姫〉（Moon Princess）となる自分の運命を知り、隣の所領の領主ブラック・ウィリアムとの代々六〇〇年続く不和を和解に導く。舞台は執筆当時グージが住んでいたデヴォン州南部の谷であり、自伝『雪の喜び』で「美しくないところには住んだことがない」と言い切るグージが、その地の風景美に霊感を受けて書いたのがこの『小さな白馬』なのである。

(1) デヴォン州南部の谷

グージはサマーセット州のウェルズで生まれ育った。ここは小さな町だが大聖堂があり、父は大聖堂付属神学校の副校長であった。幼年時代のグージは古い美しい町並みと周囲の田園に魅了されている。一一歳の時に父の転任でケインブリッジシャー州のやはり大聖堂のある小さな町イーリーに転居し、この地にも深い感銘を受ける。その後ハンプシャー州のニュー・フォレストに近い海辺の寄宿学校を経てレディングの美術学校に学び、父がオクスフォード大学神学教授に就任したためオクスフォードに転居した。オクスフォードの街並みには愛着を持ったもののグー

写真 15　丘に囲まれたマールドンの村

ジも母も街の生活には馴染めず、ハンプシャー州の海岸に別宅を構えそこと頻繁に往復して過ごす。一九三九年に父が死去すると、母とともに一時的な滞在のつもりでデヴォン州の村マールドンに行き、そのまま定住した。この村は北西にダートムーアを望み、海岸との間にも丘があり、丘陵に囲まれた谷に位置する【写真15】。物語の舞台となる架空のシルヴァーリーデュー村と似た地形である。

デヴォン州は南北二つの海岸線に加えてダートムーアとボドミン・ムーア（さらにエクスムーアの一部）という大丘陵地帯を有する風光明媚な地方である。アガサ・クリスティの郷里でもありいくつかの作品の舞台となっていて、またこの州（特にダートムーアと海辺の町トーキー）の美しさを描き尽した小説としてノーベル賞作家ジョン・ゴールズワージーの『林檎の樹』を挙げることが出来る。自伝で述べているとおりグージが移り住んだ頃のデヴォン州はまさに地上楽園であり、「羊が草を食む丸い緑の丘、樹木の生い茂った谷、野の花の咲き乱れる田舎道、農場、林檎園などすべてが魔法に満ち溢れていた」が、彼女が住んでいた十余年のうちに「ほぼ全域が保養地になって妖精たちが逃げ出した」。無論これらの記述には誇張があるのだが、『小さな白馬』にはこういった変化に対する批判的見解が含意されているのである。

(2) 同時代へのアンチテーゼ

「美しくないところには住んだことがない」と公言するグージは出生地ウェルズについて「世界が現在のような騒音に満ちた不快な場所になって以来、私はその地を再訪していない。それはかつて住んで愛した場所の変わり果てた姿を見るのが怖いからだ」と言っている。ウェルズもデヴォン州も、また他の多くの土地も、グージが生きた二〇世紀には生活様式の変化にともなってその風景を大きく変えた。『小さな白馬』に描かれたシルヴァーリーデューは絵に描いたような古き良きデヴォンの小村だが、それはこのような変化の時代にあって本来のあるべき状態の村社会を描いていると言えよう。

この物語は一八四一年に設定されている。この時期は産業革命の結果として工業化・都市化が急速に進んだ、大きな変化の過渡期であった。都市化は農村と村社会の崩壊、信仰の衰退を引き起こした。個性的な牧師が強い求心力を持つシルヴァーリーデュー村は、このような時代にあって教会を中心とした村社会の本来あるべき状態を示している。この物語は二〇世紀中葉とヴィクトリア時代の双方に対するアンチテーゼなのである。いずれにせよ、『小さな白馬』はデヴォン州南部の風土の賜物であり、グージがマールドンに住まなければ決して書かれなかった種類の作品であることは間違いない。

4　『ナルニア』と『ホビット』

一九二六年五月のある日、オクスフォード大学英文学科の会議で二人の若い新任教員が顔を合わせた。モードリン・コレッジ研究員のC・S・ルイス（一八九八～一九六三）とペンブルック・コレッジに籍を置くアングロ＝サクソン語教授J・R・R・トルキーン（一八九二～一九七三）である。当時二七歳のルイスはまだほんの新米教師だったが、トルキーンは三四歳の若さですでに教授職にあった。同時代文化・文学への不満と北欧文学への強い関心を共有する二人は意気投合し、同時代に欠けている彼らが好む種類の文学作品を書き始め、未発表の原稿を互いに読み聞かせて批評を仰ぎ、それが非公式文芸サークル「インクリングズ」に発展し、こうしてルイスの『ナルニア国物語』（一九五〇～五六）やトルキーンの『ホビット』（一九三七）、『指輪物語』（一九五四～五五）が完成した。

(1)　ナルニアの風景

ルイスは北アイルランドのベルファーストの郊外で生まれた。自伝『喜びの訪れ』で生家の子供部屋から日々眺めた「緑の丘」への「憧れ」(Sehnsucht) を述懐している。これは街を挟んで反対側の郊外にあるカースルレイ丘陵で、幼いルイスはこの丘を見て「達し得ないものへの憧憬」を痛感した。長じてルイスは街の周辺の丘を散策するのを好むようになり、その風景が『ナルニ

写真 16　ベルファーストの街と丘

ア』の世界に多大に影響した【写真16】。この頃、ビアトリクス・ポターの絵本（『ピーター・ラビット』ではなく『りすのナトキン』）の秋の描写に深い感銘を受けたことも『喜びの訪れ』に書かれている。

九歳の時に母が病死し、ルイスと兄はイングランドの学校（ハーフォードシャー州）に送られる。自伝には列車の窓から見たイングランドの第一印象が綴られているが、その「単調さ、閉塞感、海からの隔絶」に耐えられなかったという。学校も暴力教師の校長が独裁を敷く居心地の悪いところで、二年後にこの校長が生徒への暴力で訴えられたことを機に閉鎖され、ベルファーストの学校を経て一二歳でウスターシャー州グレイト・モールヴァンのモールヴァン・コレッジに入学する。グレイト・モールヴァンはモールヴァン・ヒルズの斜面の中腹に位置する小さな美しい町で、ルイスはその風景に魅了され、この地の風景美が「イングランドと私の反目を解消した」と自伝で証言する。モールヴァンの丘もまたナルニア国の風景に重要な霊感を与えている【写真17】。

　モールヴァン・コレッジ在学中にルイスはキリスト教信仰を失った。ルイスが慕っていた教師や寮母が無神論者だったことと、母の死以来ずっと祈ることに疑問を持っていたことがその背景にあったらしい。ルイスは幼い頃からギリシア神話や北欧神話を愛読し、モールヴァン時代にはケルト神話やスペンサーの『妖精女王』やマロリーの『アーサー王の死』にも傾倒している。だがパブリック・スクールという特殊な世界には馴染むことが出来ず、学校を辞めたい旨をベルファーストの父親に何度も手紙で訴えた。この学校には予科と本科を合わせて三年弱在学したが、その最後の頃のベルファースト帰省中にルイスはもう一つの大きな転機を迎えた。それは以前からすぐ近くに住んでいたアーサー・グリーヴズとの交友が始まったことであり、そのきっかけは北欧神話への関心を共有するという事実に気づいたことであった。以後グリーヴズは生涯にわたる親友となる。

写真17　グレイト・モールヴァーンの町とモールヴァーン・ヒルズ

　学校生活に適応できなかったルイスは、すでに引退していた父の恩師

写真 18　グレイト・ブッカム界隈の田園風景

に預けられ個人指導を受けることになった。その恩師とはW・T・カークパトリックという元長老派の無神論者で、サリー州のグレイト・ブッカムに住んでいた。『ナルニア』第一巻『ライオンと魔女』に登場する「老教授」のモデルとも目される人物である。この師の許で三年間学んで大学受験に備えた。グレイト・ブッカム周辺はサリー州によくある美しい田園地帯で【写真18】、ルイスのこの地に対する愛着も『喜びの訪れ』に書かれている。またこの時期にふとした偶然からジョージ・マクドナルドの『ファンタスティーズ』を読んで深く感動し、この作品によって「私の想像力は洗礼を受けた」と自伝で述懐する。マクドナルドはこのような優れたファンタジー小説をいくつか書いているばかりでなく、『不思議の国のアリス』を世に送り出したこととルイスに影響を与え『ナルニア』を書かせたことでも文学史に大きく貢献していると言えよう。
ルイスは一九一七年にオクスフォード大学（ユニヴァーシティ・コレッジ）に入学し、戦地にいた時期を除いてこの後の生涯のほぼすべてをこの街で過ごす（一九五五年にケインブリッジ大学に中世・ルネサンス文学教授として移籍した後も住居は移さなかった）。オクスフォードでは最初に古典学、次に哲学、そして最終的に英語英文学を専攻し、いずれにおいても優秀な成績を収めた。一九二五年にモードリン・コレッジの研究員に就任し、翌年春に先に述べたとおりトルキーンとの出会いがあった。戦地から戻って以来、戦死した友人の母と妹と同居し、一九三〇年には郊外のヘディントン・クウォリー村の外れの邸宅〈キルンズ〉を友人の母と兄との共同名義で購入した。この頃、父の死をきっかけに、またトルキーンら友人の影響もあって、キリスト教信仰を回復している。

この頃からルイスは兄や友人との徒歩旅行を好み、一日に三〇キロほど歩いて小さな村の宿に泊まるという数日間の旅を楽しんでいた。彼は毎回その印象をグリーヴズへの手紙に綴っていて、それによれば特に感銘を受けたのはウェイルズ南部（ワイ川流域）、スコットランドのロッホ・ロウモンド周辺、ダービーシャー州のピーク・ディストリクト、あるいはオクスフォードから遠くないチルターン丘陵などである。これらの風景もまたナルニア国の創造に重要な霊感を与えているに違いない。ルイスは普段からオクスフォード周辺の田園の散策も好んでいて（特にゴッドストウまでのポート・メドウとマシュー・アーノルドの詩にも詠われたカムナー界隈）、さらにアイルランド北部ドニゴール州の丘陵地帯をたびたびグリーヴズと訪れている【写真19】。ルイスにとっ

写真 19　ドニゴール州の丘陵地帯

て地上楽園とはオクスフォードの街がそのままドニゴールの丘にある状態だと、書簡で幾度も述べている。

米国のルイス研究家ピーター・J・シェイクルは『ナルニア』において物語世界の「雰囲気の魅力がサスペンスの魅力を凌駕している」ことと、その雰囲気が「親しみのあるものと親しみのないものの対照をなした並置」によって成立していることを指摘している。『ライオンと魔女』は一五歳の頃から心に持っていた「絵」に始まった、とルイス自身が述懐していて、その「絵」とは「雪の森に傘をさして包みを抱えたフォーンが佇んでいる」というものであった。この絵は第一章で衣装箪笥を通り抜けてナルニア国の雪景色の森に迷い込んだルーシーがフォーンのタムナス氏と出逢う場面にそのまま利用されている。フォーンという非現実（ローマ神話）の世界の存在が傘と包み（いずれも現実）を手にしているという意外性と対照、同様にその背景として森の中に立つ一本の街灯などといった現実と非現実の強い対照をなした並置が、『ナルニア』の物語世界の独自の雰囲気を形成している。それは人間、言葉を話す動物、小人、妖精、神話上の神々と架空の動物が対等に共存する世界であり、その背景は現実の英国・アイルランドを彷彿させる風景なのである。それは本国の読者にとっては親しみがあって同時に郷愁を誘う風景であり、他国の読者にとっても（少しでも英国やアイルランドを知っていれば）決して親しみのない風景ではない。『ナルニア』と英国、アイルランドの風景との関係についての詳細は拙著『ナルニア国物語 解読』を参照されたい。

(2) ホビットの世界

トルキーンは父の仕事の関係で南アフリカのブルームフォンテンで生まれた。三歳で母に連れられ母の郷里であるバーミンガムに「帰省」している最中に父が急死したため、そのままバーミンガムの南に位置する小村セアホウルに定住した【写真20】。ここは現在では完全にバーミンガムの市街地の一部となっているが当時はウスターシャー州に属する長閑な村で、幼いトルキーンの内面にイングランドの田園に対する愛着が育まれた。トルキーンが六歳の時、母はカトリックに改宗し、親戚との間に溝を作ったまま四年後に病没した。残されたトルキーンは（弟とともに）神父に引き取られ、地元のキング・エドワーズ校を経てオクスフォード大学（エクセター・コレッジ）で古典学・比較言語学・英語英文学を学び、一九一五年に卒業した。翌年、結婚とほぼ同時に戦地に赴き、塹壕熱に苦しむ。終戦後はオクスフォードに定住し、『オクスフォード英語辞

写真20　セアホウルの水車小屋
唯一現存するトルキーンの幼年時代の風景

典』（いわゆる『ＯＥＤ』）の編集に携わった後、一九二〇年秋にリーズ大学准教授（英語学）に就任し、四年後に三二歳で教授に昇格した。翌年オクスフォード大学アングロ＝サクソン語教授に就任して三度《みたび》オクスフォードに帰還し、その翌年の春にルイスと出逢ったことは先に述べたとおりである。

意気投合したトルキーンとルイスは文学や神学を語り合ったり執筆中の原稿を朗読し合ったりした。この会合が次第に関心を同じくする同僚や友人を巻き込み、火曜日の昼にパブ〈イーグル＆チャイルド〉（通称〈バード＆ベイビー〉）【写真21】で談笑し木曜日の夜にモードリンのルイスの部屋で原稿を朗読する非公式文芸サークル〈インクリングズ〉に発展した。この集まりが定例化したのは一九三三年頃であり、木曜夜の朗読会は一九四九年秋まで、火曜昼の会合はルイスの晩年まで続く（ただしルイスのケインブリッジ移籍後は月曜昼に、また最後の一年ほどはイーグル＆チャイルドが改装されたためセント・ジャイルズ通りを挟んだ向かいの〈ラム＆フラッグ〉に集った）。トルキーンは当初、『ホビット』に確信が持てず執筆が停滞していたが、激励して最後まで書かせたのはルイスであった（『指輪物語』についても同様）。一方でトルキーンはルイスの〈宇宙三部作〉の最初の二編（『沈黙の惑星を離れて』と『ペレランドラ』）は賞賛したが第三編『かの忌まわしき力』と『ナルニア』全七巻は評価しなかった。『ナルニア』はトルキーンに言わせれば、キリスト教と異教の要素を一緒くたにして「混乱した世界」を作り上げているに過ぎない、とのことであった（だがその独特の多様性と対照こそが『ナルニア』の面白さの一つに違いない）。他方、かつてルイスをキリスト教回帰へとともに導いた友人ヒューゴウ・ダイソン（マートン・コレッジ研究員）がトルキーンの朗読にうんざりして「妖精の話はもう沢山だ」などと悪態をつくようになったことと、ルイスが五四歳にして離婚歴のある米国人女性ジョイ・

写真 21　パブ〈イーグル＆チャイルド〉

写真22　オクスフォード大学植物園の「トルキーンの松」

デイヴィッドマンと「書類上」結婚することになり、トルキーンが反対して気まずくなったこともあって、次第にルイスともインクリングズとも疎遠になって行った。

　ホビットが住む「シャイアー」もまた、架空の別世界であるにもかかわらずその風景はトルキーンが育ったミッドランズ地方西部やオクスフォード周辺の田園を彷彿させる。単に風景描写だけでなく、批評家・伝記作家ジョウゼフ・ピアスが指摘するとおり、ホビット族自体が「イングランド的なるもの」「イングランド文化の神髄」（Englishness）の具現化に他ならない。変化を好まず現実的だが時に空想的で冒険心が目覚める主人公ビルボの性格は、アングロ＝サクソン的現実主義にケルト的想像力が少し混ざったイングランド人の国民性そのものであると解釈できよう。『ナルニア』もそうだが『ホビット』『指輪物語』の世界も風景だけでなくその生活様式が優れて英国的・イングランド的なのである。

　トルキーンはルイスらの徒歩旅行にほとんど参加していない。彼は歩くのが遅く、一日三〇キ

写真 23　ブリー村のモデルになったブリル村

ロを歩く彼らにはついて行けなかったことに加えて、歩くことよりも一本の樹木を愛でることを好んだからという理由らしい。トルキーンの樹木への愛着は『指輪物語』に登場する樹木に似た巨人エント族の描写を見ればわかる。彼が愛した樹はあちこちにあるようだが、よく知られているのはオクスフォード植物園の黒松である【写真22】。また彼が特に好んだ場所がオクスフォード周辺にいくつかあり、一つは隣のバッキンガムシャー州のブリル村（彼はこの地名の響きをも大層気に入っていたらしい）【写真23】で、『指輪物語』のブリー村のモデルになった。また一つはブリー村の旅籠〈踊る仔馬亭《プラーンシング・ポウニー》〉のモデルになったモートン・イン・マーシュ（グロスターシャー州）のパブ〈ベル・イン〉である。

(3) 同時代へのアンチテーゼ

『ナルニア』と『ホビット』『指輪物語』もまた同時代へのアンチテーゼを含意している。このような神話・古代伝説・叙事詩など古い文学の伝統に根ざした空想的な物語が同時代になかったから自分たちで書いた、つまり書いたこと自体が同時代文学への問題提起だったという事実のみならず、これらの作品の随所に二〇世紀という時代への痛烈な批判が散見される。例えば『ライオンと魔女』で何度か反復される「近頃の学校では一体何を教えているのか」という教授の台詞(第七巻『最後の戦い』でも繰り返され、一部の登場人物と『ライオンと魔女』を読んだ読者だけに通じる「内輪受け」の笑いが喚起される)や、『ホビット』冒頭近くの「遠い昔、今より騒音が少なく緑が多く、ホビット族が大勢いて繁栄していた頃」という語り手の言葉がその典型であろう。

トルキーンやルイスの学生時分には古き良き時代の大学街としてのオクスフォードの雰囲気が辛うじて残っていた。だが奇しくもその頃郊外に大規模な自動車工場が出来たこともあって、この街は近代的な商工業都市に姿を変えつつあった。オクスフォード市の人口は一九〇〇年と一九五〇年を比べるとちょうど倍になっている。この人口急増期はまさにルイスとトルキーンの時代に重なる。ルイスの晩年にはキルンズの周辺も宅地開発され、キルンズと村の教会との間は外環道路で分断された。このような変化を日々目の当たりにしていたのだから、ただでさえ古い時代を愛する彼らが同時代に対して辛辣になるのも無理はない。トルキーンの場合にはさらに、バーミンガム市の拡大によって故郷セアホウルを失っている。バーミンガムの人口も二〇世紀の前半の五〇年で二倍強になっていて、一九三三年にセアホウルを再訪したトルキーンは「幸福な幼年時代の大切な風景が都市拡大によって無残に破壊された」のを悲しんでいる。こうして当時の英国は風景だけでなく生活様式や価値観も急速に変化していて、あらゆる古い伝統が危機に瀕した時代をルイスとトルキーンは生きていたのである。『ナルニア』も『ホビット』『指輪物語』も一面ではこのような喪失感と危機感の産物に他ならない。

5　『パディントン』シリーズ

『くまのパディントン』（一九五八）に始まるこのシリーズは、一章完結型の物語集全一四巻に加えてＢＢＣテレビの子供番組『ブルー・ピーター』の挿話集が二巻、さらに絵本や書簡集や料理本、ロンドン観光案内など百点を優に超え、遺作の絵本『パディントン、セント・ポール大聖堂に行く』が二〇一八年に出版されたことによって六〇年続いたことになる。ペルーから英国に密航して来た言葉を話す子熊がパディントン駅でブラウン夫妻に拾われ家族の一員となり、日々さまざまな騒動を引き起こすという物語である。

(1)　なぜ「パディントン」なのか

パディントンとは地名であり、ロンドンとイングランド西部やウェイルズ南部を結ぶ鉄道のターミナル駅の名前でもある。もちろんよく知られた地名・駅名なので、熊の名前としては本来なら違和感がある。日本語に置き換えるなら「品川」とか「池袋」といった名前の熊と思えばよい。作者マイケル・ボンド（一九二六～二〇一七）はバークシャー州のニューベリーに生まれレディングで育ち、学校に馴染めなかったため一四歳で修学を終え、ＢＢＣレディング支局のラジオ送信機技師を経て第二次世界大戦中はエジプトに駐在し、戦後はＢＢＣテレビのカメラマンとして働く傍ら短編小説を書いて雑誌に投稿した。

架空の子熊を「パディントン」と命名したのはその響きが気に入っていたからだとボンドは述懐する。第一巻執筆当時、ボンド宅にはパディントンと名付けられた熊の縫いぐるみが実在した。それはロンドンの百貨店セルフリッジーズのウィンドウに一体だけ売れ残った熊を（当時の）妻へのクリスマスの贈り物として買ったものだという。命名するとすぐにパディントンの物語を思いつき、一〇日で第一巻の八つの挿話を書き上げた。レディングで育ったボンドにとってパディントンはロンドンで最も馴染みのある地名であり（レディングから列車でロンドンに向かうとパディントンに着く）、パディントンという響きは家族でロンドンに出掛けた記憶にも繋がっていて、さらにはこの駅からデヴォンやコーンウォールの海岸、あるいはウェイルズ南海岸への長距離列車が出発することから、この駅名は平和で幸福な家族旅行のイメージをも喚起すると、ボンドは証言している。

(2) パディントン駅とノッティング・ヒル界隈

ブラウン家はロンドンのノッティング・ヒル地区に設定されている。ノッティング・ヒルはパディントン駅の西側の一帯で、第一巻執筆当時ボンドがその界隈に住んでいたことに由来する。一家が住んでいるのはウィンザー・ガーデンズ三二番地だが、これは架空の地名で、ノッティング・ヒルにウィンザー・ガーデンズは実在しない。北隣のメイダ・ヴェイル地区に同名の通りがあるが、大通りから目の前の市営住宅に入るだけの短い通路に過ぎない。架空のウィンザー・ガーデンズは当時ボンドが住んでいたアランデル・ガーデンズや近隣のランズダウン・クレセン

写真 24　ウィンザー・ガーデンズのモデルと思しきランズダウン・クレセント

ト【写真24】あたりのイメージに近いと推測される。

パディントン駅は一九九八年に空港に直通するヒースロウ・エクスプレスが開通した際に改装されたので、現在は第一巻冒頭の場面とは多少変わっている。第一巻第一章冒頭でこの子熊は郵便袋の山の背後の暗がりで、古いスーツケースに所在なさそうに座っていた。今は郵便物も鉄道よりトラックで運ばれるので駅に郵便袋の山がある光景も見られない。ブラウン夫妻は娘ジューディが全寮制学校から帰るのを出迎えに来ていて、ブラウン夫人がジューディを迎えに行き、ブラウン氏はこの子熊を連れて駅構内の食堂に向かう（この食堂も現存しない）。食堂でパディントンが失態を繰り返しているとと夫人とジューディが合流し、慌てて店

写真 25　タクシーが乗り入れていた頃のパディントン駅

を出てタクシーでブラウン家に帰ることになる。その頃この駅はプラットフォームまでタクシーが乗り入れていた【写真25】。

一時的滞在の予定でブラウン家に来たパディントンはそのまま家族として迎えられ、騒々しくも幸福な日々を過ごす。このシリーズのもう一つの重要な舞台はノッティング・ヒル地区のポートベロウ・ロードである。ここはアンティーク・ショップと露店市で有名な通りで、パディントンはそこに骨董店を構える親友グルーバー氏と午前一一時のティー・タイムを一緒に過ごすのを日課とする。グルーバー氏は博識で、パディントンはわからないことがあるとすぐ彼に相談し、売り物の古書の山から読むべき本を貸し与えられることもある。グルーバー氏と談笑する時間は、ブラウン家の団欒と並んで、パディントンが最も愛する時間なのである。このような日常の中で図らずも繰り広げられるスラップスティック（ドタバタ喜劇）

がシリーズ全体を通して一章ごとに語られる。

(3) 古き良きロンドンの中産階級的生活

ブラウン家は典型的なロンドンの中産階級家庭である。だが必ずしも同時代（二〇世紀後半から現在）のそれではない。ブラウン氏のような会社員の家庭にバード夫人のような有能な家政婦が住み込んでいるのは、どう見ても同時代ではなく戦前の典型的な中産階級家庭のイメージであろう。このシリーズは「人々が無作法で不寛容になった現代世界からの逃避」でもあるとボンド自身が述べている。『小さな白馬』や『ナルニア』、『ホビット』と同様、このシリーズもまた同時代へのアンチテーゼを含んでいるのである。これもボンド自身が証言していることだが、ブラウン家は戦前の平和な家庭のイメージそのものであり、幼年時代の記憶を基に描いているという。

物語の舞台も必ずしも同時代のノッティング・ヒルやロンドンではない。第一巻の出版は移民と地元の若年層が衝突し暴力行為に到ったいわゆる「ノッティング・ヒル暴動」の直後であった。一九五〇年代には労働力の不足から移民が急増した。パディントンも一種の移民であり、グルーバー氏も東欧からの移民である。このシリーズが描いているのは同時代の現実ではなく本来あるべき状態のノッティング・ヒルやロンドンなのであろう。

パディントン駅にはスーツケースに座ったパディントンのブロンズ像がある。またパディントン駅の裏手の運河と大通り（ウェストウェイ）を渡った先のセント・メアリー教会前の公園にはボンドとパディントンの彫像がある【写真26】。そういうわけでこのシリーズを通して描かれて

写真 26　ボンドとパディントンのオブジェ

いるのはやや古風なロンドン西部の中産階級の日常である。絵本や書簡集ではパディントンが（主にグルーバー氏と）バッキンガム宮殿やロンドン塔、セント・ポール大聖堂やハンプトン・コートなどに出掛けていて、さながらロンドン名所案内の様相を呈している。ボンドには、『パディントンのロンドン案内』という名著もあり、パディントンがロンドンを案内するという設定で有名な観光地から穴場情報まで初心者にも上級者にも有益な内容である。

6 『トムは真夜中の庭で』と『思い出のマーニー』

イングランド東部のイースト・アングリア地方はいわゆる緑の丘のイングランドのイメージとは異なり、見渡す限り平坦な湿地帯が続く、イングランドというよりオランダを想わせる風景を特徴とする。その風土が産んだ名作を二つ紹介したい。

(1) 『トムは真夜中の庭で』とカム川、グレイト・ウーズ川

英国ファンタジーの最高傑作の一つと言ってよい『トムは真夜中の庭で』(一九五八)は、夏休みに叔父叔母が住む集合住宅に不本意に滞在させられたトムが真夜中に(存在しないはずの)庭を「発見」し、そこで孤独な少女ハティと出逢う物語である。作者フィリッパ・ピアス(一九二〇~二〇〇六)はケインブリッジ南郊の村グレイト・シェルフォードで生まれ育ち、ケインブリッジ大学を卒業してBBC児童部やオクスフォード大学出版局児童書部門に勤務した経歴を持つ。製粉業を営む父はカム川に製粉所「キングズ・ミル」【写真27】と隣接する屋敷「キングズ・ミル・ハウス」【写真28】を所有していた。一九五七年に父が引退して製粉所と屋敷を売却した際、ピアスがその記憶を保存するために書いたのが『トムは真夜中の庭で』であった。舞台となるメルボーン家の屋敷と庭はキングズ・ミル・ハウスの記憶を基に書かれていて、挿絵もこの屋敷と庭に取材して描かれている。

写真27　キングズ・ミル

トムは毎晩「一三時の鐘」に誘われて庭に行く。そこが過去の庭で、自分が時間を超えて毎晩過去の世界を訪れていることにトムはやがて気づく。この庭は幼年時代のシンボルでもあり（このことについての詳細は拙著『ファンタジーと歴史的危機』彩流社　二〇〇三年を参照されたい）、いつしかトムは現実から逃避してこの庭にずっと居たいとさえ思うようになる。ある夜、いつものように庭に出るとそこは真冬で、川が凍結している。トムとハティは凍った川をスケートでおよそ三〇キロ下流のイーリーまで滑走して行く。イーリーには大聖堂があり【写真29】、トムは以前からその塔に登りたいと思っていたのである。高低差のない湿地帯が延々と続くこの地方にあって、イーリーは小高い丘の上に位置する。したがってこの大聖堂はかなり遠くからでも眺めることが出来て、第二三章に描写されているとおり見えているのになかなか近くな

写真 28　キングズ・ミル・ハウス

らない大聖堂がトムとハティの憧れや成長願望を象徴する。この地形でなければ成立しない物語なのである。

そもそも川の水がそこまで凍結するには流れがよほど緩やかでなければならない。高低差の極めて小さいこの地方の川は流れる速度も遅く、それだけ凍結しやすい。実際に一八九五年初頭の寒波でカム川とグレイト・ウーズ川は凍結して、ピアスの父はスケートを楽しんだという。ピアスは父から聞いたそのスケートの話をこの物語に採り入れた。また、第二三章末尾近くの大聖堂の中を歩き回る場面でトムに謎めいた暗示を与える「一八一二年一〇月一五日に七二歳で時間を永遠と交換した」「地元の名士ロビンソン氏」の墓碑が、この大聖堂の小礼拝堂に実在する。

写真 29　イーリー大聖堂

(2)『思い出のマーニー』と河口の湿地帯

ジブリ映画の原作としても知られる『思い出のマーニー』（一九六七）はノーフォーク州の河口の湿地帯を舞台とする【写真30】。作者ジョウン・G・ロビンソン（一九一〇〜八八）はチルターン丘陵の麓の町ジェラーズ・クロス（バッキンガムシャー州）で生まれ、チェルシーの美術学校に学んで挿絵画家・絵本作家として活躍した。テディ・ベアを主人公とする『テディ・ロビンソン』シリーズや五人兄弟姉妹の末っ子の物語『メアリー・メアリー』シリーズ、子供向けの園芸入門絵本の秀作『私の庭の本』（邦題は『庭にたねをまこう』）など、文章と絵の両方を手掛けた作

写真 30　ノーフォーク州の河口の湿地

品が多い。その中にあって本格的な長編小説『思い出のマーニー』は異色作であると言える。挿絵は『パディントン』シリーズでも知られるペギー・フォートナム（一九一九～二〇一六）が描いている。

主人公の孤児アンナは育ての親プレストン夫人にも心を開けず、友達も一人もいない。プレストン夫人は医師と相談して、アンナをノーフォーク州に住む旧友ペグ夫妻に預けることにした。人に心を開けないことや友達がいないことを問題だと思えなくて孤独を実感したこともないアンナは、この地の寂し気な風景とペグ夫妻に知らず知らずのうちに癒される。彼女はまた、散策中に見かけた河口近くにある古い煉瓦の家になぜか心を惹かれ、そここそが自分が長年探し求めていた場所だと感じる。窓の多いその家の窓辺に佇む孤独な少女がマーニーであった。

物語の舞台は河口の湿地帯に面した架空の村

写真 31　マーニーの家のモデルになった家

写真 32　風車小屋

リトル・オウヴァートンである。干満によって潮位が大きく変わり、アンナは満潮時にボートでマーニーに会いに行き、会うたびに少しずつ互いを理解し、親しくなる。近くには古い風車小屋があって、ここでの出来事がきっかけとなってやがてマーニーは遠くに送られてしまう。イングランド東部には実際に古い風車が多く残っているが、その多くは一七世紀にオランダ人技師が干拓のために建造したものである。リトル・オウヴァートンのモデルはロビンソンが休暇中にいつも滞在していたバーン川の河口の湿地帯に面した村バーナム・オウヴァーリー・ステイズである。この村に古い倉庫を改装した煉瓦造りの家があり【写真31】、これがマーニーの家のモデルになった。隣村バーナム・ノートンとの間には古い風車小屋がある【写真32】。これらの要素と、干満の差が大きな河口の湿地帯という条件が揃って初めてこの物語の世界が成立するのである。

7　『チャーリーとチョコレート工場』と『マティルダ』

ロアルド・ダール（一九一六〜九〇）の代表作を選ぶのは困難だが、児童文学作家としての初期作品では『チャーリーとチョコレート工場』（一九六四）、後期作品では『マティルダ』（一九八八）を挙げるのが妥当だろうか。ダールはウェイルズの首都カーディフの西に位置するランダフでノルウェイ人の両親の許に生まれた。生家はフェアウォーター地区に現存する。貿易会社を営む父はダールが五歳の時に病死したが、母は夫の遺志を継いでダールらを英国で育てることにした。毎年夏にはノルウェイの祖母の許でノルウェイの伝説を聞いて過ごし、春はいつも（キャロルの文脈でも言及したウェイルズ南西部の海辺の町）テンビーに滞在した。この時いつも賃借していた海岸の家「キャビン」を現在ダールの姪が所有してホリデイ・コテッジを営んでいる。

ダールはランダフ大聖堂の付属学校に入学し、ここでちょっとした事件を起こす。近所の駄菓子屋の老婆がいつもダールらを邪険に扱っていたので、ある時それに対して「復讐」を企て、ダールと悪友は飴の壜にネズミの死骸をこっそり入れておいた。それに気づいた老婆は翌日学校に怒鳴り込んで来て、すぐに犯人が割り出され校長の手で鞭打ちの刑に処された。この顛末は自伝に書かれている（その駄菓子屋はハイ・ストリートにあり、現在は持ち帰り専門の中華料理店になっている）。母はこの体罰に憤り、ブリストル海峡の対岸の町ウェストン・スーパー・メアにあるセント・ピーターズ校にダールを転校させた。この学校にはダールが在籍した十数年後にのちの喜劇役者ジョン・クリーズ〈モンティ・パイソンの一員で『ハリー・ポッター』映画の〈ほとんど首なしニック〉役でも知られる〉が学んだ。ダールはここで四年を過ごした後ダービーシャー州のレプトン・スクールに進学する。物語作家ダールにとって極めて重要な経験がこのパブリック・スクール在学中にあった。

(1) チョコレート工場はどこにあるのか

バーミンガム南郊のトルキーンの郷里に近いところに、一九世紀後半に創業した大規模なチョコレート工場がある。カドベリー社のこの工場は新製品を開発する際にレプトン・スクールの生徒を対象にアンケート調査を行っていた。新製品のサンプルと採点用紙が学校に送られて来て、生徒が試食してそれに回答し、所見を添えて返送したという。この時ダールはこの工場の研究開発部門で働いている将来の自分を空想したと、自伝で述懐している。この経験が『チャーリーとチョコレート工場』の創作に影響していることは想像に難くない。『チャーリーとチョコレート工場』には具体的な地名は明記されていないが、チャーリーが両親と二組の祖父母と住む粗末な家は巨大な工業都市の外れで、近くにチョコレート工場があるという設定になっている。そうなるとバーミンガム郊外のカドベリー社の工場が最もそのイメージに相応しいということになろう。もとよりカドベリーの板チョコ「デアリー・ミルク」と「フルーツ&ナッツ」はダールの好物だったらしい。

カドベリーの工場はバーミンガムの南のボーンヴィルという地区にある。と言うよりも、ボー

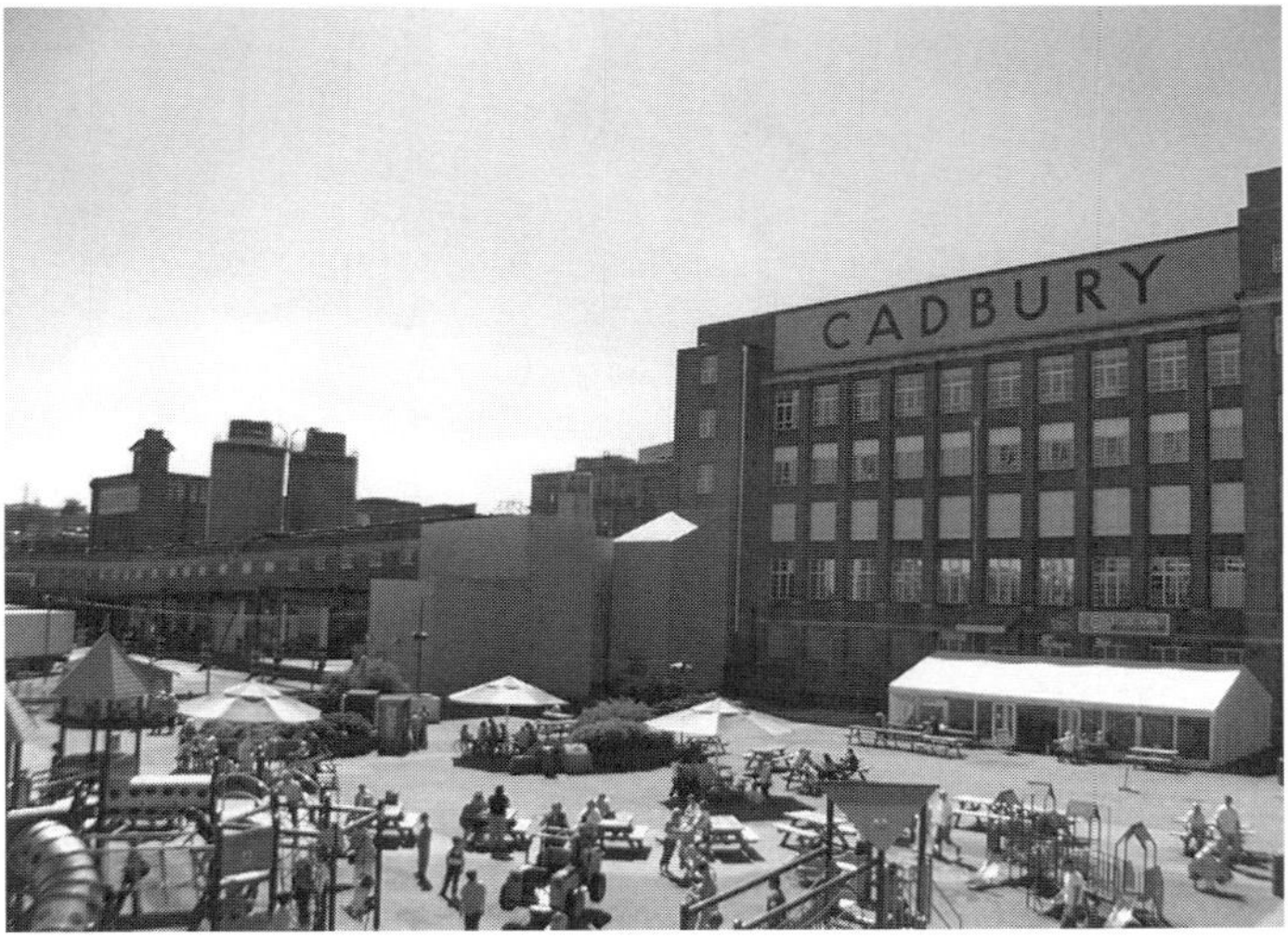

写真 33　カドベリーのチョコレート工場

ンヴィルは二代目の経営者リチャード・カドベリーとジョージ・カドベリーの兄弟が工場従業員のために造成した村（いわゆるニュータウンの先駆け）であり、トルキーンのセアホウルから西に三キロ余りに位置する。工場はヴィクトリア時代的なくすんだ赤煉瓦の大建造物で【写真33】、物語中のウィリー・ウォンカ氏のチョコレート工場もこのような外観だと想像すれば、古風な建物と斬新で奇想天外な新製品の発想という対照が絶妙な味わいを醸し出す。残念なことにこのような味わいがティム・バートンの映画（二〇〇五）ではあまり再現されていなかった。

(2) チルターンの丘に定住するまで

レプトン・スクールでの学業を終えたダールは、大学進学を強く勧める母を振り切ってシェル石油に就職した。実家はレプトン・スクール在学中にロンドン郊外のベクスリーに転居していた。この家は第二次世界大戦中に空襲を受けたため現存しない。シェルに就職したのは海外勤務を希望してのことだったが、タンザニアに駐在するまでの間はベクスリーからロンドンのキャノン・ストリートまで電車通勤していた。この時期、昼休みに毎日必ずカドベリーの板チョコを一枚食べて、その銀紙を日々重ねて丸めて机上に置き、いつしかテニスボール大になった銀紙の球を晩年まで書斎の机に飾っていたという。

タンザニア駐在を経て、第二次世界大戦中には空軍に所属し、ナイロビで訓練を受けたのちにワシントンDCに派遣され、一時期はスパイ活動にも関与した。この頃、大人向けの短編小説を書き始め、米国の文壇で知られるようになり、ヘミングウェイとも交友があった。終戦後帰国してバッキンガムシャー州アマーシャム〈ロンドン地下鉄メトロポリタン・ラインの終点〉に定住し、数年後に同じ州のグレイト・ミセンデン村の外れの邸宅〈ジプシー・ハウス〉を購入する。チルターン丘陵の中腹に位置するこの家には物置小屋があって、ダールはそこを書斎にしていた【写真34】。『チャーリーとチョコレート工場』の少し前から児童文学に転向し、すべての児童文学作品をここで書いた。

写真34　ジプシー・ハウスの物置

(3)『マティルダ』とチルターン丘陵

天才超能力少女の物語『マティルダ』の舞台も明記されていない。だが母親が幼いマティルダを放置して毎日ビンゴゲームに通っている「八マイル離れた町」がエイルズベリー（バッキンガムシャー州）であると明言されているので、マティルダの住む村のモデルの有力な候補はこの町から八マイルのグレイト・ミセンデンであろう。作品中に場所を特定できる要素は特に見当たらず、都市部から遠くない架空の村という程度の理解でまったく問題はなく、グレイト・ミセンデンに拘泥する必要も特にないのだが、かと言ってグレイト・ミセンデンに匹敵する他の候補も見当たらない。児童文学作家ピアーズ・トーデイはダール作品の背景としてのチルターン丘陵の田園風景の重要性を指摘している。いずれにせよ『マティルダ』はジプシー・ハウスの物置でチルターンの丘を眺めながら書かれたのであり、またダールは物語の構想を練るためによくグレイト・ミセンデン村の周辺を散策していたのである。『素晴しき父さん狐』（一九七〇）、『ダニーは世界のチャンピオン』（一九七五）、『ＢＦＧ』（一九八二）などの舞台も明らかにチルターン丘陵である。

グレイト・ミセンデンはロンドンから近い割にイングランドの田舎の村の雰囲気が随所に残っていて、一六世紀の旅籠《はたご》を改装したロアルド・ダール博物館もあるし、『ダニー』のモデルになった自動車修理工場もある。ダールゆかりの地は英国のみならずノルウェイ、東アフリカ、米国など世界のあちこちに散在するが、ダール作品の愛読者にはまずランダフとボーンヴィルとグレイト・ミセンデンに行くことをお勧めしたい。

8 『ハウルの動く城』

「ファンタジーの女王」の異名を取るダイアナ・ウィン・ジョウンズ（一九三四〜二〇一一）はロンドン郊外のハドリー・ウッドで生まれ、五歳の時に第二次世界大戦のためスウォンジーの北西に位置するポンタディライスの祖父母の許に疎開した。非国教会の牧師だった祖父はウェイルズ語で礼拝を執り行い、意味はわからないもののその響きに魅了されたという。だが母と叔母の関係が悪化したためハドリー・ウッドに戻り、通っていた学校が所有する湖水地方の施設に母と二人の妹とともに再び疎開した。

(1) 湖水地方での椿事《ちんじ》とエセックス州の奇人の村

コニストン・ウォーター湖の畔にあるその屋敷〈レインヘッド〉はかつてジョン・ラスキンの助手を務めた画家W・G・コリングウッドの邸宅だったところで、ラスキンの屋敷〈ブラントウッド〉にも近い。アーサー・ランサムは少年時代に家族で湖水地方に滞在した際コリングウッドと懇意になり、ここに滞在したこともあった。ランサムはコリングウッドの息子ロビンからヨットの操縦法を習ったのだが、コリングウッド家が所有していたそのヨットの名前は〈つばめ号〉であった。ジョウンズの疎開中のある日、湖の畔で妹が騒いでいて舟の上の男性に怒鳴られ、翌朝その人は屋敷まで苦情を訴えに来た。この髭面の男性はランサムその人で、『つばめ号とアマ

写真 35　湖水地方の風景
（コニストン・ウォーター湖）

ゾン号』を愛読していたジョウンズにとって、あまり好ましい出会いではなかったものの、初めて間近に見る生きた作家だった。彼女はそれまで、物語はどこかで機械によって製造されているものと思い込んでいて、生身の人間が書いているとは想像だにしなかったらしい。その後、今度は妹が湖畔の農場の門扉に乗って遊んでいたところ、農場から出て来た不機嫌そうな老婆に張り倒された。その老婆は誰あろうビアトリクス・ポターであった。湖水地方ではこのような椿事《ちんじ》や不愉快な出来事も多かったようだが、その風景【写真35】には深い感銘を受けた。

九歳の時に父はエセックス州の村サクステッド【写真36】の成人学校の校長に就任し、母も教壇に立った。両親が多忙なため、二人の妹の世話が長女であるジョウンズに押し付けられ、物語を創って聞かせるようになり、

写真 36　サクステッド

自分は将来作家になると確信したという。両親はいずれもファンタジー文学を有害と考えていて、非現実的要素を含む本は禁じられていた。『たのしい川べ』は辛うじて許されたが、牧神パーンが登場する第七章だけは読ませてもらえなかった（当然隠れて読んだのだが）。長じてジョウンズがファンタジー作家になったのはこういう両親への反動でもある。サクステッドは奇人が多い村で、自他共に認める魔女も二人いた。このような環境で育ったゆえ、どんなに奇妙な事件でも現実にあり得ると信じられるようになった、と彼女は述懐する。また、学校の敷地に普段は鍵の掛かっている壁で囲われた美しい庭があり、その「秘密の花園」で空想に浸ったこともののちの作風に影響した。ジョウンズは一二歳から一八歳まで、近くの町サフロン・ウォールデンのクエイカー主義の学校へのバス通学を経てオクスフォード大学に進学する。

(2) オクスフォード――ファンタジーの都、ルイスとトルキーンの影響

オクスフォード大学セント・アンズ・コレッジへの入学は一九五三年で、専攻は英文学であった。当時オクスフォードの英文学科ではルイス、トルキーンらインクリングズのメンバーが教鞭を執っていた。ルイスの科目には大教室を埋め尽くさんばかりの学生が殺到し、その理路整然とした明晰な講義に全員が圧倒されていたのと対照的に、トルキーンのそれはごく少数しかいない学生に背を向けて黒板に向かって小声で呟く不可解なものであった、とジョウンズは証言する。彼女はルイスやトルキーンが講じる『妖精女王』や『ベオウルフ』からも多大な影響を受けた。

これまでに言及した作品だけを見ても『アリス』、『ナルニア』、『ホビット』など英国ファンタジーの名作にはオクスフォードにゆかりのあるものが多い。グージも一時期はオクスフォードに住んでいたし、ピアスも短期間オクスフォード大学出版局で働いていた。大学進学は未遂に終わったがグレイアムも九歳から一六歳まではオクスフォードの学校に学び、その風景や風土に深い感銘を受けている。他にもペネロピー・ライヴリーやフィリップ・プルマンなど、オクスフォード大学出身の卓越したファンタジー作家は枚挙に暇がない（ライヴリーはセント・アンズでジョウンズと同期）。大学街として遜色のない伝統を誇るケインブリッジからはピアスやミルンなど数えるほどしかファンタジーの名作をものした作家が輩出されていないことを考えると、オクスフォードにはよほど何かファンタジーの傑作を産み出す土壌があるのかと考えたくなる。ジョウンズは『指輪物語』を語る文脈で、中心街が時折遠くから風に運ばれて来る「天国のような」花の芳香で満たされるというオクスフォードに特有の現象を指摘していて、自身もこのようなオクス

フォードの特異性から影響を受けていると証言する。古い町並みやそれが醸し出す中世の雰囲気のみならずこのような自然現象に加えて、オクスフォードにはその長い歴史から自然発生した奇妙な幽霊伝説が数多語り継がれている（例えばアリスの父ヘンリー・ジョージ・リデルは雨の夜にクライスト・チャーチの礼拝堂の外壁に姿を現わすと噂される）。中世から連綿と続く大学街と近代的な商工業都市という二面性も無関係ではなかろう。さまざまな意味でオクスフォードには良質なファンタジーを輩出する風土や雰囲気があるに違いない。

ジョウンズは学生時代に出会った中世を専門とする英文学者ジョン・バロウと結婚し、ロンドンとオクスフォードで数年ずつ過ごしたのちに夫のブリストル大学教授就任にともなってブリストルに転居し、生涯の後半をこの街の郊外のクリフトン地区で過ごした。

(3)『ハウルの動く城』の風景

『ハウルの動く城』は「七リーグ靴や透明マントが実在する」インガリー国を舞台とする。無論インガリーは架空の国だが、イングランドやウェイルズのジョウンズゆかりの地を彷彿させる要素が随所に見られる。物語は主人公ソフィーの長女としての境遇（「物語の法則」によって最初に失敗する運命）を語るところから始まる。ソフィーの家は帽子屋で苗字もハッター（Hatter）という。当然のことながら『アリス』の帽子屋を思い出す読者が多かろう。ハッター家の帽子屋は古い市場町にあり、そのマーケット・チッピングという地名は現代英語と古英語（アングロ＝サクソン語）でそれぞれ「市場」を意味する。無論これは架空の町だが、ジョウンズの生涯とゆかりの地を知る読者なら物語中の描写からサフロン・ウォールデンを連想するかも知れない。

帽子屋に突然現れた〈荒地の魔女〉の呪いで老婆になったソフィーは、呪いを解いてもらうべく町外れの丘のハウルの〈動く城〉に押し掛ける。この荒地の丘はエセックス州の田園よりウェイルズや湖水地方の山、あるいはダートムーア辺りを想わせる。動く城の扉はダイアルを回して切り替えると四つの場所に出られる。荒地の丘の他に王宮のある街キングズベリー（「王の要塞」の意）、港町ポートへイヴン（現代英語と古英語で「港」）、そしてハウルの実家がある町に続く虚無の世界である。キングズベリーは特に決め手となる街の描写がないので勝手に想像するならオクスフォードとも（この大学街にも一一世紀に建立された城があり、割と最近まで刑務所として使われていた）ブリストルとも（ここにもノルマン時代に城が築かれた）思えなくないが、おそらく純粋に架空の街であろう。ポートへイヴンはライム・リージス（ドーセット州）をモデルにしたとジョウンズが明言している。ここは化石採集の名所で、ジェイン・オースティンの『説得』やジョン・ファウルズの『フランス人副船長の女』の印象的な場面の舞台である。ハウルの実家はウェイルズのどこかという設定で（スウォンジー郊外であろうか）、その家の名前が〈リヴェンデル〉（「裂けた谷」の意）なのは言うまでもなくトルキーンへのオマージュだ。

9 『ハリー・ポッター』シリーズ

『ハリー・ポッター』シリーズ（一九九七〜二〇〇七）のゆかりの地は英国中に広く分布する。まず作者J・K・ローリング（一九六五〜　）が生まれ育ったイングランド南西部（特にディーンの森界隈）、主に執筆した場所であるスコットランドの首都エディンバラ、そして物語の舞台となるスコットランド北西部（いわゆるハイランズ地方）やロンドンとその周辺である。さらに映画の撮影が行われたオクスフォード、グロスター、レイコック、アニック、ラヴェナムなどもこのシリーズのゆかりの地に含めてよかろう。

(1) 幼年時代の原風景としてのイングランド南西部

ローリングはチッピング・ソドベリー出身と称しているが実はその隣町イエイト（いずれもグロスターシャー州）で生まれた。後者が二〇世紀後半に発展した平凡な住宅地であるのに対して前者は古い趣のある市場町なので、こっちを出身地にしたくなるのも無理はない。二歳の時に一家は西に数キロのウィンターボーンに転居し、ここで近所に住んでいたポッター家の姓の響きを気に入ったらしく、のちにハリー・ポッター誕生のきっかけの一つとなった。近くにダーズリーという小さな町があり、この地名がハリーの住むダーズリー家の由来であろう（従兄ダドリーの名もおそらく地名から来ていて、少し離れたウェスト・ミッドランズ州に同名の町がある）。田園生活に憧れていたロウリング夫妻はウィンターボーンで七年を過ごした後にセヴァーン川の対岸のタッツヒル（グロスターシャー州）に移る。その家は教会の隣で、この頃からロウリングは教区墓地で墓石に刻まれた名前や碑文を読むことを好み、これがのちに登場人物名を考案するのに大いに役立ったらしい。

タッツヒルはウェイルズとの国境に近く、北東にはディーンの森が広がる。この森はアングロ＝サクソン時代から王室の猟場だった。樹齢数百年のカシワやブナの古木が多いこの森とその西側の境界をなすワイ川の渓谷に近い環境でロウリングは九歳から一八歳までを過ごし、よく森や渓谷を散策した。米国の児童文学研究家コニー・アン・カークが指摘するとおりこの森と渓谷の「神秘的な雰囲気」が霊感として重要だったに違いない。俗世の喧騒を離れ古木に囲まれているその環境こそが『ハリー・ポッター』シリーズの原風景の一つとして不可欠だったのである。第七巻『ハリー・ポッターと死の秘宝』第一九章でハリーとハーマイオニーが「白銀の牡鹿」と出会い、喧嘩別れしていた親友ロンと再会して和解する場面の舞台として、ディーンの森が実名で使われている。

(2) エクセターからエディンバラへ

ロウリングはオクスフォード大学を目指すが合格には到らず、第二志望のエクセター大学に入学した。エクセターはデヴォン州の州都で治安も住み心地もよい理想的な地方都市である。だが居心地のいいはずのこの大学も彼女にとっては元来希望した大学ではなく、実学を勧める両親の意見を受け入れ文学ではなく言語学を専攻したこともあって、学業にはあまり熱心でなかったという。エクセターの街自体は『ハリー・ポッター』シリーズの舞台になっていないが、デヴォン州と思しき描写はいくつか見られる。まず〈賢者の石〉を作った錬金術師ニコラス・フラメルはデヴォン州のどこかに住んでいるという設定である。次にロンの家（ウィーズリー家）はオタリー・セント・キャッチポウルという南海岸に近い架空の村にあるが、この地名はおそらくデヴォン州の小さな町オタリー・セント・メアリー（詩人S・T・コウルリッジの出身地）に由来する。また第六巻『ハリー・ポッターと混血のプリンス』第四章で言及されるホラス・スラッグホーンが住む「絵のように美しい村」バドリー・ババートンもデヴォン州と思われる（イースト・バドリー、バドリー・ソルタートンなど「バドリー」が付く地名がこの州にいくつか実在し、他の州には見当たらない）。さらに、ハリーの郷里ゴドリクス・ホロウはディーンの森の近くという設定（タッツヒルがモデルに違いない）だが、第七巻の描写を見るとタッツヒルというよりデヴォン州の小さな古い村を想わせる。これらのデヴォン州を彷彿させる叙述は大学時代の記憶のみならずグージの『小さな白馬』の影響とも考えられる。

一年のフランス留学を経てエクセター大学を卒業したロウリングはロンドンのクラッパムで事務員として働き、大学時代に出会った恋人がマンチェスターにいたので週末にロンドンとマンチェスターを頻繁に往復した。ハリー・ポッターという魔法使いの少年を主人公とする物語を、その車中で突然思いついたという。やがてマンチェスターに移住し、商工会議所やマンチェスター大学で事務職に就くが、恋人との破局と母の死を機にこの地を去り、ポルトガルの港町ポルトに英語教師として赴く。ここで教え子だったジャーナリストの卵と結婚し一女を儲けたものの、夫の暴力のため離婚し帰国する。だが父はすでに再婚してタッツヒルの家も手放していたため、エディンバラに住む妹の許に転がり込み、そこで自立を決意し当時は荒廃していたリース地区に安いアパートを見つけ、生活保護を受けつつ育児の傍ら書き続けたのが第一巻『ハリー・ポッターと賢者の石』であった。

エディンバラは「北のアテネ」とも称される美しい街である。安アパートの居心地が悪過ぎたこともあって、ロウリングは乳母車を押して美しい街を徘徊し、幼い娘が眠ると喫茶店に入って執筆に没頭した。この話は愛読者の間ではよく知られていて、その喫茶店とは義弟が友人と共同経営していた〈ニコルソンズ・カフェ〉であり、エディンバラ城から東に延びる石畳の道〈ロイヤル・マイル〉の末端の近くにあった。このカフェは現存せず、今は中華料理店になっている。ニコルソンズがなくなってしまったので、エディンバラ市の観光局は『ハリー・ポッター』発祥の地としてロウリングが時々行っていたとされる別なカフェ〈エレファント・ハウス〉を推している（ここでも一部を執筆したらしい）。目抜き通りプリンスィズ・ストリートに面した〈バルモラル・ホテル〉【写真37】の五五二号室は第七巻の最後の部分を書き上げた記念すべき場所であり、ロウリングの胸像が飾られているという。旧市街にあるグレイフライアーズ教会の墓地では例によって名前を収集した。同じく旧市街のヴィクトリア・ストリートはロンドンの魔法界の商店街〈ダイアゴン・アリー〉のモデルと目される（これにはヨークのシャンブルズを始め諸説あるが）。このようにエディンバラの『ハリー・ポッター』ゆかりの地は枚挙に暇がない。

写真 37　エディンバラ旧市街からバルモラル・ホテルを望む

(3)　ロンドン周辺とハイランズ地方

物語の主な舞台はロンドンとその周辺、それにハイランズ地方である。ダーズリー家はサリー州の架空の町リトル・ウィンジングのプリヴェット・ドライヴという住宅街にある。ありふれた新興住宅地らしく、サリー州によく見られる古い趣のある町や村ではない。『ハリー・ポッターと賢者の石』第五章でハリーがハグリッドに連れられて入学準備の買物に行くダイアゴン・アリーは古書店街としても知られるチャーリング・クロス・ロードにあるパブ〈リーキー・コールドロン〉(「漏れる大鍋」の意)を通って行くことになっている。この章の最後で、買い物を終えハグリッドはハリーをパディントン駅に案内し、食堂でハンバーガーを食べさせてから列車に乗せダーズリー家に帰しているが、これはちょっとおかしい。パディントンから出る列車はすべて西に向かうのであり、南に位置するサリー州のダーズリー家に帰るにはヴィクトリアかチャーリング・クロスかウォータールー発の列車に乗るはずだ。ついでながら、ハリーとハグリッドが入った食堂は『くまのパディントン』第一章でパディントンが騒動を引き起こしたあの食堂に他ならない。もしかしてロウリングは『パディントン』へのオマージュとして故意に間違えたのだろうか。

魔法学校の専用列車〈ホグウォーツ急行〉はロンドンのキングズ・クロス駅「九と四分の三番線」から発車する。これも本当はキングズ・クロスでなくユーストンでなければならない。と言うのは、ホグウォーツ魔法学校はハイランズ地方、すなわちスコットランドの北西部にあり、この方向に行く長距離列車はユーストン発なのである。キングズ・クロスはエディンバラやアバディーンなど北東部に向かう長距離列車の始発駅だ。だがおそらくこれも故意に間違えたと考えられる。ロウリングはマンチェスターに足繁く通っていたのだからユーストン駅を頻繁に利用していたはずで、北西部に向かうならこの駅だということも知っていたに違いない。一方で、彼女の両親が出会ったのはキングズ・クロス発の列車の中でのことだったらしい。そのこともあって、決して幸福な想い出とは言えないマンチェスター時代の記憶に直結するユーストンよりキングズ・クロスに愛着があったのではなかろうか。それにユーストンは一九六〇年代に鉄筋コンクリートの味気ない駅に改築されてしまったが、キングズ・クロスは昔ながらの赤煉瓦の駅舎にドーム屋根のプラットフォームという「絵になる」駅である。名前の響きも「ユーストン」より「キングズ・クロス」の方が面白い。ユーストンは「ユーフ氏の囲い地（農地）」というありふれた地名であるのに対して、キングズ・クロスは文字通り「王様の交差点」であり、由来となる物

写真38　ハイランズ地方の風景

語をあれこれ想像する余地がある。ロウリング自身は「記憶違いでキングズ・クロスと書いた」と証言しているが、これはもう故意に間違えたと考えるしかなかろう。

ハイランズは山と峡谷（glen）と湖（loch）が折り重なる風光明媚な地方である【写真38】。人口密度が極端に低い上にカトリック信者が多くスコットランド的プロテスタンティズムが根付かなかった地域でもあり、風景のみならず歴史的背景からも魔法学校の設定に相応しい土地であると言える。第三巻『ハリー・ポッターとアズカバンの囚人』第九章に魔法学校の所在地はアーガイル州と書かれているので、ハイランズの南端あたりと推測できる。ホグウォーツ魔法学校は湖畔の山の上に聳《そび》える古城という設定だが、この地方の特定の城を念頭に置いて書かれたのではない。ホグズミードも完全に架空の村である。

英国は南部より北部、東部より西部で降雨量が多い。北西部に位置するハイランズは英国で最も雨の多い地方であり、それゆえに『ハリー・ポッター』シリーズにも雨の場面が多く見られる。例えば第二巻『ハリー・ポッターと秘密の部屋』第一〇章で、雨に濡れながらのクウィディッチの練習を強いられてジョージ（ロンの双子の兄の一人）は、「俺は八月以来まともに乾いていたためしがない」と呟く。これはこの地方の気候を如実に示す場面であると同時に、自分の不快な状況をも自虐的な笑いにしてしまう英国人の国民的特徴を示す場面でもある。第三巻第五章にはホグウォーツ急行が北上するほどに雨が激しくなる描写があり、第九章では毎日暴風雨が続いている。ホグズミード駅に到着すると新入生は学校のある対岸まで湖上を舟に揺られ、上級生は馬車で湖畔を周って学校まで行くという伝統がホグウォーツ魔法学校にはあるが、第四巻『ハリー・ポッターと炎のゴブレット』第一二章のその場面は激しい雨の夕暮れで、馬車で移動したハリーたち在校生がずぶ濡れのまま大広間での始業式に集合して長いテーブルに着いていると、湖上でさらにずぶ濡れになった新入生が一斉に入場して来る。この挿話も英国的と言えば英国的であるに違いない。少なくとも日本の学校なら着替えてから大広間に参集するよう指示するはずだ。このように魔法学校の背景としてのハイランズは地形や風景だけでなくその特有の気候も物語に関与していて、それが国民性や文化的特質をも表象しているのである。

写真39　クライスト・チャーチの大広間の階段

(4) 映画の撮影地

そういうわけでオクスフォードにゆかりのあるファンタジー作品は枚挙に暇がない。ロウリングもまたオクスフォード大学進学は果たせなかったが、映画の撮影が行われたことでオクスフォードは『ハリー・ポッター』シリーズのゆかりの地になった。

魔法学校の遠景はコンピューター画像だが、屋内の場面の一部はオクスフォード大学が使われている。最も印象的なのは大広間とそこに続く階段【写真39】、それに中庭【写真3】であろう。これらの場面はクライスト・チャーチで撮影されている（中庭の一部はニュー・コレッジ）。図書館と保健室の場面はボドリアン図書館である。オクスフォード以外では回廊の場面がグロスター大聖堂、ダラム大聖堂、レイコック・アビー（ウィルトシャー州）、クウィディッチの場面が主にアニック城（ノーサンバーランド州）

写真40　キングズ・クロス駅（右）とセント・パンクラス駅

で撮影された。ホグズミード駅はノース・ヨークシャー・ムーア鉄道のゴウスランド駅、ゴドリクス・ホロウはレイコックとラヴェナム（サフォーク州）である。ホグウォーツ急行がハイランズを走る場面はグラスゴウからフォート・ウィリアムを経由してマレイグまで行くウェスト・ハイランド・ラインのグレンフィナン陸橋（世界最古のコンクリート橋）付近で撮影されている。

　キングズ・クロス駅のプラットフォームの場面は実際にキングズ・クロス駅が使われていて、九と四分の三番線への入り口となるアーチ型の柱は四番線と五番線の間である。駅の外観は実際のキングズ・クロス駅ではなく、すぐ隣にあるセント・パンクラス駅だ【写真40】。ダイアゴン・アリーに行く場面はロンドン橋を挟んで南北に位置する二つの市場バラ・マーケットとレドンホール・マーケットである。プリヴェット・ドライヴのダーズリー家はサリー州ではなく隣接するバークシャー州のブラックネルの住宅街で撮影された。

『ハリー・ポッター』シリーズもまた英国の名作ファンタジーの例に漏れず優れて英国的であり、特定の土地の風土と密接に関係している。物語世界の英国的な雰囲気を守るため、ロウリング自身の意向もあって映画は（原則として）すべて国内で撮影された。

結び――名作ファンタジーの背景

以上、ごく一部だけだが、英国の名作ファンタジーと土地の風土や風景との密接な関係の例を挙げてみた。他にも例えばルーシー・M・ボストンの『グリーン・ノウ』シリーズとヘミングフォード・グレイ（ケインブリッジシャー州）、特にグレイト・ウーズ川とその畔にある英国最古の民家とも言われるボストンの自宅（グリーン・ノウ屋敷のモデル）、メアリー・ノートンの『借り暮らしの小人たち（床下の小人たち）』シリーズとベッドフォードシャー州の田園、アリソン・アトリーの『時の旅人』とダービーシャー州の丘陵地帯（ピーク・ディストリクト）、キプリングとサセックスの丘、ミルンとアーシュダウンの森、アラン・ガーナーとオールダリー・エッジ（チェシャー州）やウェイルズ北部など、ファンタジー作家・作品と土地との関係は枚挙に暇がない。

このように英国でファンタジーを始めさまざまな分野で風土と密接に関係した作品が創られ続ける理由の一つは、風土や風景の多様性ということであるに違いない。英国はグレイト・ブリテン島だけを考えても比較的（日本の本州より少し）小さな島にイングランド、ウェイルズ、スコットランドという異なった文化圏が共存し、それぞれの中に注目すべき地域差がある。イングランドはまず南部と北部に大きく分けられ、それぞれ西部と東部で風景にも気候にも差異があり、中部には各々の歴史的経緯から成立した多様な工業都市が集中する。一方で南海岸に注目すると、東のドウヴァーやイーストボーンあたりの白い断崖と西のデヴォン州に特有の赤い断崖に如実に見られるように、東と西で地質がまったく異なり、当然のことながら水質や生態系にも明らかな相違が認められる。スコットランドもまた高地地方《ハイランズ》と低地地方《ロウランズ》が対照をなし、ウェイルズも工業化が進んだ南部とケルト色の強い北部という違いがある。このような地方色や地域性が優れた作品を生み出すことは想像に難くない。風景の変化もまた重要な要因であろう。落葉広葉樹が多いゆえ、四季それぞれに風景がめまぐるしく移り変わり、変わりやすい天候によってその風景は日ごとに、あるいは時間ごとに変化する。霧や虹が発生しやすいことも重要であるに違いない。

　このような地方色が顕著に見られるのは、地質や気候の違いということのみならず、町には古い建物が多く、田園には古木が多く、地域特有の建築様式や生活様式が失われずに残っているということでもある。児童文学作家・研究家チャールズ・バトラーはこのことについて、英国のファンタジー作家には歴史的神話的資源を得やすいという「古い国に住んでいる恩恵」があると言う。ファンタジーは本質的に過去と親和性が高い。それは近代科学や合理主義以前の、魔法や妖精や各種の超自然現象が今よりも身近だった時代の価値観を基盤とするからである。『時の旅人』、『ライオンと魔女』、『借り暮らしの小人たち』、『グリーン・ノウの子供たち』、『トムは真夜中の庭で』など、主人公となる子供が古い屋敷に滞在することから始まるファンタジー作品が多いのは単なる偶然ではない。多くの場合、主人公は過去と切り離され居場所と自己同一性を失った状態にあり、屋敷が主人公と過去を仲介し、そこが居場所となって自己同一性を回復する。このような物語の舞台となり得る古い屋敷が至るところに残っていることも、英国から優れたファンタジーが数多く産み出される理由であるに違いない。

単に古い風景や建造物が残っている国なら世界中を探せば他にも当然あるのに、なぜ英国でこのように優れたファンタジーが産出され続けるのか。英語だから世界中で読まれやすく評価されやすいということもあろうが、無論それだけではない。英国において特に卓抜なファンタジーが集中しているのは一八六〇年代（『アリス』、『水の子』、マクドナルドの短編など）と一九〇〇年代（『ピーター・パン』、『たのしい川べ』、キプリングの『プックの丘のパック』など）と一九五〇年代（『借り暮らしの小人たち』、『グリーン・ノウの子供たち』、『トムは真夜中の庭で』、『ナルニア』全七巻、『パディントン』他）である。これらの〈ファンタジー黄金時代〉はいずれも急激な変化の過渡期であり、一九世紀中葉には工業化・都市化の波に加えて度重なる選挙法改正に象徴される社会構造の変革、さらにダーウィンの進化論・自然淘汰説による動揺があった。エドワード七世時代にはほぼ重なる一九〇〇年代は大英帝国の「終わりの始まり」であり、同時に貴族・地主階級の没落によってカントリー・ハウスの衰退が危惧され、また自動車が普及し始めたことで田園風景が大きく損なわれる不安が共有された（この危惧や不安は『たのしい川べ』に読み取れよう）。ウィリアム・モリスらによる〈古建築物保存協会〉とローンズリー牧師らによる〈ナショナル・トラスト〉の創設、それに『カントリー・ハウス』誌の創刊という「古いものの価値を発見して保存する試み」が一九世紀の最後の四半世紀に集中しているのは偶然ではない。一九五〇年代は第二次世界大戦後の混乱に加えて大英帝国の「終わりの終わり」、自動車の本格的な普及とカントリー・ハウスのさらなる衰退に起因する田園風景の危機、家電製品の普及や米国文化の流入による生活様式の変化と伝統の喪失など、やはり変化の過渡期の不安が蔓延した時代であった。ファンタジーの名作が書かれ読まれ評価される背景には、このような非連続的な変化の過渡期の不安があると言えよう。桜が満開を迎えた刹那に散り始めるゆえに一層美しく感じられるように、美しい風景や古木、古い屋敷や町並みがただそこに残っているだけでなく、それらが失われることに対する危惧や不安が共有されて初めてそれらの価値が理解され、古い伝統や風景に霊感を得た秀作が書かれるということに違いない。

ファンタジーはさまざまな形で現実世界を反映する。いくつかの作品を例に見たとおり、現実と非現実の絶妙な均衡が英国ファンタジーの持ち味であった。また、『たのしい川べ』、『小さな白馬』、『ナルニア』、『ホビット』、『パディントン』などの例が示すように、不安や危惧から着想を得て書かれたゆえに、優れたファンタジー作品の多くには同時代の現実世界へのアンチテーゼが含意されるのである。だが一方で、ファンタジーの一側面は確かに現実逃避ではあるが、それは単に現実に直面するのを忌避するということではない。ファンタジーの世界に逃避することによって現実を再発見することになる、という主旨の発言がルイスにもトルキーンにも見られる。表層的にはただの現実逃避に見えるグレイアムの作品でさえ、しばしば指摘されるとおり現実世界の楽しみ方をさまざまな形で提唱している（ルイスもこのことを指摘している）。

なお、本書は全面的に書き下ろしたものだが、内容の一部が拙者『ファンタジーと英国文化』（彩流社、二〇一九）と重複している。ここで採り上げたファンタジー作品のいくつかについてのさらなる詳細については『ファンタジーと英国文化』を参照されたい。

主要参考文献

Bakewell, Michael [1997] *Lewis Carroll: A Biography*, London: Mandarin.

Batey, Mavis [1998] *The World of Alice*, Andover: Pitkin.

Butler, Charles [2006] *Four British Fantasists: Place and Culture in the Children's Fantasies of Penelope Lively, Alan Garner, Diana Wynne Jones, and Susan Cooper*, Lanham: Scarecrow Press.

Carpenter, Humphrey [1985] *Secret Gardens: A Study of the Golden Age of Children's Literature*, Boston: Houghton Mifflin.

Crawshaw, Richard, Ian Collier and Andrew Butler eds [2005] *The Tolkien Society Guide to Oxford*, Cheltenham: The Tolkien Society.

Dahl, Roald [2001] *Boy and Going Solo*, London: Puffin.

Davies, Mark J. [2010] *Alice in Waterland: Lewis Carroll and the River Thames in Oxford*, Oxford: Signal Books.

Gougde, Elizabeth [1991] *The Joy of the Snow* , London: Hodder and Stoughton.

Graham, Elenor [1963] *Kenneth Grahame*, London: Bodley Head.

Green, Peter [1982] *Beyond the Wild Wood: The World of Kenneth Grahame*, Exeter: Webb & Bower.

アザール、ポール［一九五七］『本・子供・大人』矢崎源九郎・横山正矢訳・紀伊國屋書店。

Hooper, Walter ed. [1979] *They Stand Together: The Letters of C. S. Lewis to Arthur Greeves (1914-1963)*, London: Collins.

Jones, Diana Wynne [2012] *Reflections: On the Magic of Writing*, Oxford: David Fickling Books.

カーク、コニー・アン［二〇〇四］『ハリー・ポッター誕生――J・K・ローリングの半生』小梨直訳、新潮社。

Lewis, C. S. [1977] *Surprised by Joy*, Glasgow: Collins.

——, Hooper ed. [1982] *On Stories and Other Essays on Literature*, New York: Harcourt Brace Jovanovich.
Manley, Deborah and Philip Opher [2010] *The Oxford of Alice and Lewis Carroll*, Oxford: Heritage Tours Publication.
Pearce, Joseph ed. [1999] *Tolkien: A Celebration*, London: HarperCollins.
Rawlins, Christine [2015] *Beyond the Snow: The Life and Faith of Elizabeth Goudge*, Bloomington: WestBow Press.
ローリング、J・K、L・フレーザー［二〇〇九］『ハリー・ポッター裏話』松岡佑子訳、静山社。
Shakel, Peter J. [2002] *Imagination and the Arts in C. S. Lewis*, Columbia: University of Missouri Press.
高山宏［二〇〇八］『アリス狩り』青土社。
Torday, Piers [2016] 'Champion of the World: Roald Dahl's Countryside', *Countryfile*, September 2016, Bristol and Sittingbourne: BBC, pp. 38-42.
Treglown, Jeremy [1995] *Roald Dahl: A Biography*, London: Faber and Faber.
Warner, Jennifer [2014] *The Unofficial History of the Paddington Bear*, Anaheim: Bookcaps.
安藤聡［二〇〇三］『ファンタジーと歴史的危機——英国児童文学の黄金時代』彩流社。
——［二〇〇六］『ナルニア国物語 解読——C・S・ルイスが創造した世界』彩流社。
——［二〇一九］『ファンタジーと英国文化』彩流社。

著者紹介

安 藤　聡（あんどう　さとし）

大妻女子大学比較文化学部教授。東京都出身。明治学院大学文学部英文学科卒業、同大学院博士後期課程満期退学。博士（文学）（筑波大学）。主著：『ウィリアム・ゴールディング——痛みの問題』（成美堂）、『ファンタジーと歴史的危機——英国児童文学の黄金時代』『ナルニア国物語 解読——C・S・ルイスが創造した世界』『英国庭園を読む——庭をめぐる文学と文化史』『ファンタジーと英国文化——児童文学王国の名作をたどる』（以上、彩流社）、『ジョンソン博士に乾杯——英米文学談義』（音羽書房鶴見書店、共編著）他。

英国ファンタジーの風景

大妻ブックレット 2

2019 年 8 月 1 日　第 1 刷発行

定価（本体 1300 円＋税）

著　者　安　藤　聡

発行者　柿　﨑　均

発行所　株式会社 日本経済評論社

〒101-0062 東京都千代田区神田駿河台 1-7-7

電話 03-5577-7286　FAX 03-5577-2803

URL　http://www.nikkeihyo.co.jp

表紙デザイン：中村文香／装幀：徳宮峻

印刷：文昇堂／製本：根本製本

落丁本・乱丁本はお取り換え致します　Printed in Japan

ISBN978-4-8188-2540-6 C0398